KB065591

문학과지성 시인선 479

# 분홍 나막신

송찬호 시집

문학과지성사

**문학과지성사에서 펴낸 송찬호의 시집**

10년 동안의 빈 의자(1994)

붉은 눈, 동백(2000)

고양이가 돌아오는 저녁(2009)

문학과지성 시인선 479

# 분홍 나막신

초판 1쇄 발행 2016년 3월 4일
초판 7쇄 발행 2023년 1월 6일

지 은 이 송찬호
펴 낸 이 이광호
펴 낸 곳 ㈜문학과지성사

등록번호 제1993-000098호
주 소 04034 서울 마포구 잔다리로7길 18(서교동 377-20)
전 화 02)338-7224
팩 스 02)323-4180(편집) 02)338-7221(영업)
전자우편 moonji@moonji.com
홈페이지 www.moonji.com

**ISBN 978-89-320-2849-1 03810**

이 시집은 2012년도 서울문화재단 문학창작지원금을 받아 제작되었습니다.

이 도서의 국립중앙도서관 출판예정도서목록(CIP)은 서지정보유통지원시스템 홈페이지
(http://seoji.nl.go.kr)와 국가자료공동목록시스템(http://www.nl.go.kr/kolisnet)에서
이용하실 수 있습니다. (CIP제어번호: CIP2016005459)

문학과지성 시인선 479

# 분홍 나막신

송찬호

2016

**시인의 말**

지난 6, 7년간 쓴 시들을 끄집어내
먼지를 털고 낯을 씻겨
다섯번째 시집으로 묶는다.
자정 너머 달리는, 심야 막차 풍경 같은
고단한 풍경의 시들이
이 시집에 실려 어디론가 흘러간다.


2016년 이른 봄
송찬호

# 분홍 나막신

## 차례

**시인의 말**

## 3부

1부

# 금동반가사유상

멀리서 보니 그것은 금빛이었다
골짜기 아래 내려가보니
조릿대 숲 사이에서
웬 금동 불상이
쭈그리고 앉아 똥을 누고 있었다

어느 절집에서 그냥 내다 버린 것 같았다
금칠은 죄다 벗겨지고
코와 입은 깨져
그 쾌변의 표정을 다 읽을 수는 없었다

다만, 한 줄기 희미한 미소 같기도 하고 신음 같기
도 한 표정의 그것이
반가사유보다 더 오래된 자세라는
생각이 잠깐 들기는 했다
가야 할 길이 멀었다
골짜기를 벗어나 돌아보니 다시 그것은 금빛이었다

# 안부

그대여, 내 옆구리에서 흘러나오는 사이렌 소리를
듣고
멀리 나를 찾아온대도
이번 생은 그른 것 같다
피는 벌써 칼을 버리고
어두운 골목으로 달아나버리고 없다

그대여, 내 그토록 오래 변치 않을 불후를 사랑했
느니
점점 무거워지는 눈꺼풀 아래
붉은 저녁이 오누나
장미를 사랑한 당나귀*가
등에 한 짐 장미를 지고 지나가누나


* 사석원의 그림 「꽃과 당나귀」.

# 분홍 나막신

님께서 새 나막신을 사 오셨다
나는 아이 좋아라
발톱을 깎고
발뒤꿈치와 복숭아뼈를 깎고
새 신에 발을 꼬옥 맞추었다

그리고 나는 짓찧어진
맨드라미 즙을
나막신 코에 문질렀다
발이 부르트고 피가 배어 나와도
이 춤을 멈출 수 없음을 예감하면서
님께서는 오직 사랑만을 발명하셨으니

# 여우털 목도리

분명 여자가 남자를 떠민 것 같았다
열차가 들어오고 있는 선로로,
삽시간에 사람들이 모여들고
터져 나오는 울음 사이로 여자는
남자가 발을 헛디딘 것 같다고 말했다
그렇다면 내가 잘못 본 것일까?
하기사 나는 사랑이나 탐욕 따위를
운명 앞에서 한 번도 떠밀어본 적 없으니,
여자는 불꽃 같은 여우털로 만든
목도리를 두르고 있었다
얼굴은 희고 손톱은 길었다
다시 가만히 생각해보면
죄 많은 여자로 보이지도 않았다
단지 뜨거운 불을 목에 두르고 있을 뿐이었다

# 장미

나는 천둥을 흙 속에 심어놓고
그게 무럭무럭 자라
담장의 장미처럼
붉게 타오르기를 바랐으나

천둥은 눈에 보이지 않는
소리로만 홀쩍 커
하늘로 돌아가버리고 말았다

그때부터 나는 헐거운 사모(思慕)의 거미줄을 쳐
놓고
거미 애비가 되어
아침 이슬을 모으기 시작하였다

언젠가 다시 창문과 지붕을 흔들며
천둥으로 울면서 돌아온다면
가시를 신부 삼아
내 그대의 여윈 목에
맑은 이슬 꿰어 걸어주리라

# 귀신이 산다

그는 전쟁과 독재 시절의 과거에서 왔다
어느 장의사가 못질을 잘못한
대지의 관을
간신히 빠져나왔다

헝클어진 머리
천 개의 캄캄한 밤을 이미 본 듯한 퀭한 눈
더구나 오래 씻지도 않은 것 같았다
검푸른 이념의 곰팡이가
보기 흉하게 온몸을 덮고 있었다

그는 가끔 누구와 이야기하고 있는 듯
혼자 중얼거렸다
어깨 위 허공으로
바나나와 사과를 건네기도 하였다

한참 거리를 쏘다니다
쇼윈도 거울 앞에 이르러

자신의 어깨가 조금 기우뚱한 걸 알아챈 것 같았다

그는 히죽 웃으며, 오른쪽 어깨 위의 귀신을 왼쪽
어깨로 옮겨 앉혔다

# 눈사람

내가 시간에 쫓겨 헐레벌떡 열차에 뛰어올랐을 때
내 옆자리 창가에
눈사람이 앉아 있었다

찌는 듯한 한여름인데도 눈사람은 더위 보이지 않
았다
겨울에 보았던 모습 그대로
털모자를 쓰고 목도리를 두르고 있었다
땀도 흘리지 않았다

눈사람의 모습은 뭐랄까
기나긴 겨울전쟁에서 패하고
간신히 그의 고향으로 돌아가는
상이군인 같았다
어느 해 겨울 선거에 패하고 흰 붕대를 하고 다니
던 사람들 모습의,

눈사람은 나를 향해 한 번 희미하게 웃는 듯했다

찌는 듯 더워도
그의 흰 피가 흘러내려
의자의 시트를 더럽히지는 않을 거라고 말하는 것
같았다

그 이상 우리는 서로 말이 없었다
열차는 한여름 밤
자정을 향해 끝없이 달렸다

얼마쯤 달렸을까 깜빡 졸다 깨어보니
옆자리는 비어 있었다
그는 어디쯤에서 내린 걸까
털모자나 목도리 하나 남겨두지 않고

# 복숭아

난 태어날 때 울지 않았다
난 첫울음 대신
종이와 연필을 갖고 싶었다
그게 이야기꾼의 위엄이라고 생각했으니까

그때 난 온통 분홍이었다
다른 먼 세계에서
피를 가져오느라
내 몸은 멍들고 부풀어 있었다

그런 내 이야기가 널리 퍼져
뽀얗게 분을 바르고
생각 많은 달콤한 표정으로
거만한 왕 앞으로 불려가기도 하였다

대지는 병들고 도시는 비만해져
왕관이 무거워진 그는
따분한 표정으로 이렇게 말했다

내가 다스리는 나라에서
어찌 이런 맹랑한 게 태어날 수 있지?
복숭아나무가 미쳤군!

그래, 난 미친 복숭아나무에서
태어난 털 없는 짐승
신생(新生)의 바다를 건너
이제 막 물가에 도착한 아기 바구니
거친 이야기 한 토막 뗏목 삼아 흘러흘러 여기까
지 왔다

## 2월의 노래

봄이 오면 들에 나가 이 씨앗을 심겠소
씨앗의 눈은 가늘고
단단한 껍질에
광대뼈가 툭 튀어나온 황색 씨앗,

봄이 오면 들에 나가 이 씨앗을
떡갈나무에서 백 걸음 떨어진 곳에 심겠소
거긴 멀리 북방에서
늑대의 등을 타고 온 봄이
연둣빛 구두로 처음 땅을 밟는 곳

아직은 춥고 어두운 계절이오
떡갈나무는 외로이 들판에서
지팡이를 휘두르며 사나운 바람과 싸우고 있고
떡갈나무 뿌리는 캄캄한 지하에서
무거운 쇠공을 굴려
잠든 대지를 깨우고 있으니

오너라, 더딘 봄이여 여기는
아시아의 맨 끝
서정의 박토
눈썹 없는 신이
돌멩이 한 자루 메고 터벅터벅 지나가는 곳

봄이 오면 눈이 가늘고 광대뼈가 툭 튀어나온
이 말의 씨앗을 심어보겠소
여긴 멀리 북방에서
늑대의 등을 타고 온 봄이
이야기꾼으로 그 고단한 몸을 처음 내린 곳

# 불의 가족

검은 밤 집이 불탄다
소파와 피아노가 타오르고
2층 계단이 타오르고
시뻘건 화염 속에서
불의 개가 컹컹 짖는다

검은 밤 가족 드라마가 뜨겁게 타오른다
활활 타오르는 여자와 남자 사이에서
아동이 탄생하고
새로운 가족이 발명된다

시뻘건 화염 속에서 널름거리는 불의 혀로 남자는
외친다
이건 누구의 방화도 아니야
불과의 싸움은 더더욱 아니라구
우린 증거되었어
우리 불의 가족은 신성해!

가까이 오지 마
불꽃 울타리 넘어,
이 뜨거운 사상을 누구도 끌 수가 없어
검은 장르로 둘러싸인 이 세계에서는

휘발유 한 통과 일회용 라이터로 쓰인 불의 연대기,
불을 고쳐보고 싶었다구
도대체 삶은 왜 나아지지 않는지
근대는 왜 망가졌는지
불을 조금 고쳐보고 싶었을 뿐이라구

# 청동시대

끝없이 놋쇠비가 내린다
벽보는 젖어 찢어지고
바리케이드는 무릎이 잠긴다
누가 보낸 것일까
검은 우산 속 풋내기 탐정이
건너편 길모퉁이 카페를
오래 지켜보고 있다
저 작달비 그치면
청동시대는 곧 저물어가리

너무 비대해져 날지 못하는 청동의 도시
푸른 녹에 싸인
저 단단한 허구가
이렇게 큰 도시를 낳았다
퍼붓는 놋쇠비
새로운 청동의 새는
형상이 아직 완성되지 않았다
격렬한 문장은 얼굴을 감싼다

군중들은 허기져 있다
굴뚝마다 청동을 들이붓는다

누군가 놓고 가버린
청동의 손,
그 옆에 시 한 편
그리고 반쯤 마시다 식어버린 찻잔
또 다른 누군가 창문을 열고 고함을 치지만
금세 소리를 삼켜버리는 놋쇠비
저 작달비 그치면
청동시대는 곧 저물어가리

# 모란이 피네

외로운 홑몸 그 종지기가 죽고
종탑만 남아 있는 골짜기를 지나
마지막 종소리를
이렇게 보자기에 싸 왔어요

그런데 얘야, 그게 장엄한 사원의 종소리라면
의젓하게 가마에 태워 오지 그랬느냐
혹, 어느 잔혹한 전쟁처럼
그것의 코만 베어 온 것 아니냐
머리만 떼어 온 것 아니냐,
이리 투정하신다면 할 말은 없지만

긴긴 오뉴월 한낮
마지막 벙그는 종소리를
당신께 보여주려고,
꽃모서리까지 환하게
펼쳐놓는 모란보자기

# 검은 백합

한갓진 호숫가 언덕 한 송이 백합 피어 있었네
백합은 외따로운 게 좋아
그 흰 땅을 벗어난 적 없었네
세상은 어지러웠네
화살이 멀리 날아가
피 흘리는 사슴을 데려왔네

어느 날 세상을 휩쓸고 지나던 흑사병이
백합을 보았네
백합의 향기를 맡았네
그리고 작은 맹세를 하고 떠났네

세상은 여전히 어지러웠네
화살은 멀리 날아가
피 흘리는 것들만 데려왔네
호숫가 언덕 한 송이 백합
누군가를 오래 기다렸다네
기다리다 기다리다 검어졌다네

2부

# 냉이꽃

박카스 빈 병은 냉이꽃을 사랑하였다

신다가 버려진 슬리퍼 한 짝도 냉이꽃을 사랑하였다

금연으로 버림받은 담배 파이프도 그 낭만적 사랑을 냉이꽃 앞에 고백하였다

회색 늑대는 냉이꽃이 좋아 개종을 하였다 그래도 이루어질 수 없는 사랑에 긴 울음을 남기고 삼나무 숲으로 되돌아갔다


나는 냉이꽃이 내게 사 오라고 한 빗과 손거울을 아직 품에 간직하고 있다

자연에서 떠나온 날짜를 세어본다

나는 아직 돌아가지 못하고 있다

# 울부짖는 서정

한밤중 그들이 들이닥쳐
울부짖는 서정을 끌고
밤안개 술렁이는
벌판으로 갔다
그들은 다짜고짜 그에게
시의 구덩이를 파라고 했다

멀리서 야생의 개들이
퉁구스어로 사납게
짖어대는 국경의 밤이었다
지금까지 어떻게 용케 살아남았는지
이제 너의 안으로 은밀히
지나가는 사물들
세계들을 고백해봐

점점 증가하는 밀입국자들
처형을 기다리는
발화하는

수런거리는
깊은 구덩이가 되는!

그래서 이렇게 파묻으려는 거지
벽 너머에서도
어두운 물속에서도
감자자루 속에서도
죽거나 썩지도 않고
이쪽으로 넘어와
끊임없이 초록의 말로 중얼거리니까

# 백한번째의 밤

촛불 세 자매는 밤을 맞을 채비를 했다
식탁을 치우고
은접시를 닦고
아궁이 불을 꺼뜨리고
동면에 들어갈 벌들에게 캄캄한 꿀을 먹였다

이윽고 밤이 찾아왔다
커튼이 드리워지고
문들은 굳게 닫혔다
현관엔 무거운 쇠구두가 가지런히 놓여 있고
문밖 매어둔 나무염소도 꿈쩍 않고 서 있었다

촛불 자매들은 나직나직이 일렁거리며
불의 수의를 짰다
피투성이 재투성이 밤의 어깨와 허리 치수를 재어
가면서
그리고, 이런 노래를 불렀다

어디선가 싸움은 그치질 않고
기다리는 사람은 아직
돌아오지 않고 있네
아득하여라,
앞날을 보지 않기 위하여
우린 밤의 눈을 찔렀네

# 구덩이

상수리나무 숲이 시키는 대로
두 사내는 묵묵히
구덩이를 팠다

거긴 오래전부터 도적들의 숲이어서
재물을 빼앗기고
손과 발이 묶인 채
구덩이에 던져지는 것은 드문 일이 아니었다

구덩이는 금세 나무뿌리와 돌이 걷힌 다음
검은 입을 쩍 벌렸다
차 뒤 트렁크에서 피 묻은 마대 자루가 질질 끌려
나왔다

삶은 아름다워라!
높은 담벼락의 성에서
살짝 빠져나온 공주는
환호작약 나비 떼를 따라가는데,

세상 그 많던 돈과 보물은 다 어디로 사라진 것일까

이봐 넌 누굴 원망할 자격도 없어 게다가
가진 것도 없는 주제에
비열하게 목숨까지 구걸하다니,
사내 하나가 담배 꽁초를 구덩이에 던졌다

꽃, 별, 종교, 국가…… 개새끼들!
마대 자루 속 꿈틀거리는 것도
이제 최후의 발악만 남은 것 같았다
구덩이가 푸하하하 웃었다

## 두부집에서


사내는 두부를 먹다 목이 메네
형기를 마치고 출소할 때
맨두부를 먹는 것처럼
사내는 또 목이 메네

이제 이렇게 말하려네
단단한 두부의 어깨
단단한 두부의 주먹
반듯하고 각진 두부 한 모의 체적은 벌써 죽어버
렸다고

이게 뭔가,
뜨끈하고 물렁하게 덥혀져 나온 두부를
한 젓가락씩 볶은 김치를 얹어 먹는 일
마치, 두부에게 신체포기각서를 받으러 온 것같이

모란에게 줄
다이아 반지를 집어삼킨

거위를 붙잡아 묶어놓은 것같이

이게 뭔가, 마루 끝에 앉아 종일 거위 똥이 나오기
를 기다리는 것같이


허리 구부정하기에는 아직 이른 한낮

바람조차 소슬하다네

모퉁이 두부집에서

한때 날리던 이름의 깡패두부를 먹어보는 일

# 장미

우리가 장미를 기다리는 동안
이 세계에
장미는 먼저 가시를 보내주었다

우리가 오래 장미를 기다리는 동안
이 세계는 조금 더 밝아지거나 어두워지기도 했다
포탄 구덩이에서도
사막의 아들들은 태어나고
대물림해온 악은 더욱 큰 부와 명예로 대물림되
었다

보라, 앉은뱅이와 말더듬이가 갑자기 이렇게 많아
진 건
장미가 더 가까이 왔음이라,
이 세계의 피가 모두 빠져나간
창백한 저 흰 사원을
우리의 폭력으로
붉게 다시 채워보자

장미를 보기 위하여, 오늘도 누군가 의자에 올라

　　올가미에 얼굴을 집어넣는다

　　그러나 단호히 의자를 걷어차지는 못한다

　　장미는 아주 가까이 왔으나, 아직 이곳에 도착하

지는 않았다

# 폭설

폭설이 외딴 그 집에 들이닥쳤다
집 안에 들어선 폭설은
잠시 실내를 둘러보다가
거울 앞에 서서 양의 탈을 벗고
집주인 사내가 건네주는
뜨거운 화강암 돌 한잔을 마셨다

집주인 사내는 원체 말이 없는 자였다
그에게 젊은 날의 책은 죽었고
피 묻은 칼은 연못에 던져져 흙으로 메워졌고
지독한 사랑은 오래전 버짐나무를 따라 떠났다

폭설도 꼭 무언가를 다그치기 위해 찾아온 건 아
니었다
지나가는 말로 사소한 질문 몇 개 던졌을 뿐이었다
예전에 이곳에 금광이 있지 않았소?
초록낙타 시장이 서지 않았소?
여기에 시간의 폐허와 적막이 있지 않았소?

밖에 잠시 눈이 그쳤다

눈 속에 파묻힌 자동차를 찾으러 간다며

폭설은 다시 거울 앞에서 그 흰 양의 탈을 쓰고 떠
났다

그뿐이었다 세찬 바람에 현관문이 꽝, 하고 열렸다
닫혔다

# 11월

산 너머 사는 사슴들의 천도(遷都) 소식이 들린다
이제 사슴의 나라도
한 도읍에서
백 년을 버티지 못하는가 보다

하늘이 소란하다 남쪽을 향해 날던 철새들이
공중을 움푹 파고
거기다 죽은 새를 묻는다
그들은 갈 길이 멀어 지상에 내려와 장례를 치를
시간이 없다

정원을 다스리던 나무의 왕도
열 걸음을 걷지 못한다
그는 늙었다
이제 모든 게 시들었다

지난여름 수수께끼의 포도 씨앗을
누가 가장 멀리 뱉었는지 모두들 까맣게 잊었다

박태기나무 그늘에 묻혀 있던 녹색 의자도 벌써
치워버렸다

이 소읍의 소문은 빠르다 부도난 은행과 여관이
몰래 도망가다
맹렬한 첫추위에 잡혀 다시 돌아온다는 소식이다
풍속(風俗)이 점점 어두워진다
이제 불을 켜자

# 돌지 않는 풍차

그는 일생을 노래의 풍차를 돌리는
바람의 건달로 살았네
그는 때때로 이렇게 말했네
풍차가 돌면 노래가 되고
풍차가 멈추면 괴물이 되는 거라고

그는 젊어서도 사랑과 혁명의 노래로
풍차를 돌리지는 못했네
풍차의 엉덩이나
허리를 만지고 가는
바람의 건달로나 살면서

바람 부는 언덕에서 덜컹거리는 노래의 풍차는 쉼
없이 돌았네
그는 지치고 망가져가는 풍차에게
이렇게도 말했네
멈추지 말게
여기서 멈추면

삶은 곧 괴물이 되는 거라네

그러나 생은 때로 휴식이 있어 아름다운 것
돌지 않는 풍차
그의 노래도 끝났네
바람은 벌써 그의 심장을 꺼내 가고
그의 지갑에는 이제 피 한 방울 남아 있지 않네

# 붉은 돼지들

돼지 운반 차량이 전복되고
간신히 살아남은 붉은 돼지들이
가까운 언덕을 오르고 있었다

지친 네 다리로 땅만 보고 걷는
그들의 걸음걸이는 한결같았다
그들은 그들 무리를 표시하는
어떤 나뭇가지도
입에 물고 있지 않았다

언덕에는 지난여름 지독한 피부병을 앓은
버짐나무 몇 그루 서 있었고
약수터로 올라가는 구불구불한 길은
오래전 이 길을 지나간 어떤 종교의 이동 경로와
흡사했다
따라서 다치고 지친 그들 몸이 쉬어가기에
언덕은 이미 지나치게 통속해져 있었다

그러나 그들은 붉은 돼지들이었다
환란이 닥쳐오면 그들은
면도날처럼 날카로운 후각으로 흙을 헤쳐
붉은 돼지씨를 심는 것이었다

그들은 지난 다섯 달 동안 쉼 없이 살을 찌웠고
만족할 만한 무게로 계체량을 통과했다
돼지 운반 차량은 그들을 싣고
저녁별 돋는 초승달 도축장을 찾아가는 길이었다

언덕을 오르며 돌부리를 디딜 때마다
두 갈래로 갈라진 그들의 발굽에서
오래 걷는 자들의 나막신 소리가 났다

벌써 저녁이 오고 있었다
초승달 도축장이 멀리 보였다
다가올 운명을 예감하며 어떤 돼지들은 울고
또 어떤 돼지들은 웃고 노래했다

그들은 붉은 돼지들이었다
'환란이 닥쳐오면
본래 너희의 땅으로 돌아가라'
오래전부터 전해오는 그 말을
몸으로 살찌워 운반하는 붉은 돼지들이었다

# 우물이 있던 자리

오래 가물어, 사내는 여자에게 건너가지 못했다
마른 대지가 그런 사내를 불러 희생(犧牲)에 대하
여 물었다
물길을 찾아 땅 아래로 파 내려가는 것같이
사내는 결박된 채 빈 우물 속에 거꾸로 던져져 처
박혔다
그리고 우물은 메워졌다 삶은 아무도 모른다
누구는 사랑과 증오로 여자가 사내를 우물에 떠민
것으로 알고 있으니
대지는 경작되어야 하고 여자는 또 살아야 한다
어김없이 마른 태양이 떠올랐다
여자가 가랑이 사이에서 붉은 핏덩이를 들어 올
렸다

# 개똥지빠귀

어디선가 그 오래된 나무에게
킬러를 보냈다 한다
한때 꽁지머리였던
숲 해설가였던
달의 비서이기도 했던
지금은 냉혹한 킬러로 변신한 그를

안에 아무도 없는지 그 나무 안쪽에서
찌릿찌릿찌릿, 새소리처럼
오랫동안 전화기가 울린다
오후 5시,
노을이 생성되느라
하늘이 조금 붉게 찢어졌을 뿐인데
벌써 거기서 무슨 일이 일어난 것일까

나는 단지 조그만 쇠뭉치 같은 것이
저녁 공기를 가르며
나무에서 솟구쳐 올라

빠르게 내 옆을 지나가는 것을 보았을 뿐이다
그때 언뜻 보았던,
얼굴에 칼자국 흉터가 있는
작고 단단한 그것이
개똥지빠귀 뺨이었을까?

날이 빠르게 어두워진다
사건은 명료하다
그 오래된 나무에
찌릿찌릿찌릿찌릿……
한 노래가 있었다는 것
깊고 푸르게 나무를 찌르고 들어가
흔적 없이 울다 간 절명의 노래가 있었다는 것
작고 단단한 그 무엇이
빠르게 내 옆을 스쳐 지나가던 어둑한 저녁 무렵

# 버드나무 불망기(不忘記)

내가 그 젊은 버드나무를 처음 만난 건 봄날 강변에서였다 갈대와 안개의 상단(商團)을 따라 이리저리 흘러다닌다고 했다

다음에, 부유해진 버드나무를 만났다 쇠붙이를 엄청 모았다고 했다 칼이며 냄비며 숟가락 따위가 버드나무 몸에 척척 달라붙었다 버들잎을 끊어 오래 씹으면 산고기 냄새가 났다

그 후, 휘휘 늘어진 화류(花柳)에서 다시 만났다 화류의 빚을 갚느라 화류 마구간에서 말똥을 퍼내고 있었다 면경 같은 여자가 깨져 울었다 그래도, 화류 생활은 좋아라!

훗날, 어느 절집 마당에서 늙은 불목하니로 언뜻 스쳤다 파르란 머리의 산림승(山林僧)처럼, 불경에도 어둡다 했다

시절 지나 그 옛 봄날의 강변에서 다시 만났다 누군가 빗돌처럼 작은 버드나무 한 채 세워놓았다 지붕도 없고 기둥의 주름도 없이! 갈대와 안개의 상단이 하류로 흘러 흘러갔다

# 이슬

나는 한때 이슬을 잡으러 다녔다
새벽이나 이른 아침
물병 하나 들고
풀잎에 매달려 있는 이슬이란 벌레를

이슬이란 벌레를 잡기는 쉬웠다
지나간 밤 꿈이 무거운지
어디 튀어 달아나지 못하고
곧장 땅으로 뛰어내리니까
그래도 포획은 조심스러웠다
잘못 건드려 죽으면
이슬은 돌처럼 딱딱해지니까

나는 한때 불과 흙과 공기의 조화로운 건축을 꿈
꿨으나
흙은 무한증식의 자본이 되고
불은 폭력이 되고
나머지도 너무 멀리 있는 공기의 사원이 되었으니

돌이켜 보면 모두 헛된 꿈

이슬은 물의 보석, 한번 모아볼 만하지
기껏 잡아놓은 것이
겨우 종아리만 적실지라도
이른 아침 산책길 숲이 들려주던 말,
뛰지 말고 걸어라 너의 천국이 그 종아리에 있으니

3부

# 쑥부쟁이밭에 놀러가는 거위같이

오늘도 거위는 쑥부쟁이밭에 놀러간다야
거위 흰빛과
쑥부쟁이 연보랏빛,
그건 내외지간도 아닌 분명 남남인데

거위는 곧잘 쑥부쟁이 흉내를 낸다야
쑥부쟁이 어깨에 기대어 주둥이를
비비거나 엉덩이로 깔아뭉개기도 하면서
흰빛에서 연보랏빛으로 건너가는 가을의 서정같이!

아니나 다를까, 거위를 찾으러 나온 주인한테
거위 그 긴 목이 다시
고무호스처럼 질질 끌려가기도 하면서

그래도 거위는 간다야
흰빛에서
더욱 흰빛으로,
한 백 년쯤은 간다야

# 모닥불

내가 자작나무 아버지를 찾아
그 숲에 갔을 때, 아버지는 벌써
후조를 따라 북방으로 떠나고 없었다

나는 그때 보았다 막 어두워지기 시작한 숲 속
굴처럼 아늑한
아름드리 그루터기 아래
일렁이는 모닥불 속 눈을 뜨고 있는 여우를

나는 연신 나뭇가지를 꺾어
불 속에 던져 넣었다
불꽃같은 여우가 사라지지 않게 하기 위하여
어쩌면, 불 속에서 자작나무 아버지가 걸어 나올
것만 같아서

후조를 따라 흰 자작나무 숲이 하늘로 날아가는
밤이었다
불한당 같은 추위가

등 뒤에서 끊임없이 배회하는 밤이었다

코밑이 거뭇거뭇해지는 아이도 아버지처럼
불꽃같은 길을
걸을 수도 있겠다고 생각하는 밤이었다

# 봄의 제전(祭典)

마침내 겨울은 힘을 잃었다
여자는 겨울의 머리에서
왕관이 굴러 떨어지는 것을
눈 하나 깜짝하지 않고 지켜보았다

이제 길고 지리한 겨울과의 싸움은 지나갔다
북벽으로 이어진 낭하를 지나
어두운 커튼이 드리워진 차가운 방에
얼음 침대에
겨울은 유폐되었다
여자는 사라져 보이지 않았다

왕관은 숲 속에 버려졌다
겨울은 벌써 잊혔다
오직 신생만을 얻기 바랐던
재투성이 여자는
봄이 오는 숲과 들판을 지나
다시 아궁이 앞으로 돌아왔다

이제 이 부엌과 정원에서 할 일이 얼마나 많은가
겨울이 가고 봄이 왔다!
오직 그것만이 분명한 사실이었다

# 부유하는 공기들

그는 아주 느린 삶을 살았다
촛불과
고양이와
잔소리 많은 공기의 여자와 함께

촛불은 날마다 몇 개의 밤을 더 달라고 졸랐다
그러나 그는 촛불에게
진주가 들어 있는 검은 밤은
이 세계에서 더는 찾기 힘들 거라고 일러주었다

그는 집 가까이 있는 오랜 우정의 나무에
그의 삶의 보폭을 맞췄다
그 나무는 지난 백 년 동안
오직 한 걸음만 앞으로 내디뎠기에

정의가 그렇게 누추할 수 없던 시대
그는 한 걸음만 나아가
오래된 미래를 기다렸다
한꺼번에 세 걸음 이상 걸으면 공기는 죽기 때문에

66

# 하녀(下女)

캄캄한 폭풍우 속을 날다
길을 잃고 떨어진 거울을
여자는 자기의 방에 갖다 걸었다
여자는 세상이 쓰고 버린
헌 물과 헌 불을 모아
빨고 깁고 다림질하는 하녀였다
시린 물의 손등을 꼬집고
젖은 불의 뺨을 부비는
아직 나이 어린 하녀였다
어느새 달이 차올라
여자의 방에서 기력을 회복한
둥그런 거울이 다시 공중에 갖다 걸렸다
거울이 마녀처럼 깔깔 웃으며
멀리 폭풍 속으로 날아올랐다
자신의 운명을 알 듯 말 듯한 표정으로
지상의 여자가 오래 그것을 바라보고 있었다

# 토끼를 만났다

해 뜨는 동쪽에서 토끼가 왔다
귀는 쫑긋 코는 발씀
어느 선지자처럼
계수나무 가지 하나 꺾어 들고

토끼는 곧 간단한 기적을 보여주었다
앉은뱅이 포도나무를 벌떡 일으켜 세웠고
고장난 벙어리TV가 갑자기 박수 치며 떠들기 시
작하였다

빨간 눈, 도톰한 발, 흰 털빛……
예나 지금이나 골고다 언덕은
여전히 순결하고 시끄럽고나

어쩔 것이냐 토끼야,
우리에겐 국경도 많고 분쟁도 많아서
수많은 국가의 귀가 너처럼 점점 더 커진다면

우리 악수나 한번 하자
나는 이쪽 너는 저쪽, 잘 가거라
깡총깡총 뛰어가거라

# 이상한 숲 속 농원

보은 구병산 이상한 숲 속 농원에는
오래된 새소리 자판기가 있다
백 원짜리 동전 세 개만 있으면
쪼르릉 쪼르릉, 시원한
방울새 소리 한잔 내려 마실 수 있다

이상한 숲 속 농원에는 이름 모를 낯선 버섯들이
많다
밤이면 아직도 20세기 불평등 세계를 건너온
버섯의 유령들이
이상한 숲 속을 배회하곤 한다

이상한 숲 속 농원 너머에는
부리가 긴 새들이 사는
호리병 숲도 있다
나는 아직 그렇게 목숨의 부리가 길지 않아
그 숲 속 깊이 들어가보지는 않았다

이상한 숲 속 농원에는
검은 까마귀가
노란 마타리를 사랑하는 아릿한 순애보도 있다
까마귀가 마타리꽃을 물고 은하수로 날아가 돌아
오지 않는다


이상한 숲 속 농원 여러 들꽃 계모임 중에서
나는 가을날의 메밀꽃 계가 좋다
너네가 무슨 들꽃 품계냐고
핀잔을 주어도
그저 하얗게 웃는 메밀꽃 계가 좋다

# 거인의 잠

가을이 왔어요
문밖에 노오란
국화 수레가 도착했어요

이제 그만 눈을 뜨세요
끝이 뭉툭해진 곡괭이 왕이
온종일 밭을 뒤져
대지의 열쇠인 잠두콩 씨앗 하나 찾았어요
집을 나갔던 고양이도
잃어버린 푸른 구슬을 찾아 다시 돌아왔어요

눈을 뜨세요
당신이 일어나지 않으면
이 노란 향기의 산소호흡기도 곧 제거될 거예요
당신을 위해 갑옷 한 벌을 지어놨어요
세상은 지금 국화와 칼이 서로 싸우고 있어요

거위의 속눈썹이 한나절 마당을 쓰는

깊은 가을이 왔어요
천년보다 깊은 잠,
당신을 태우고 갈
수레를 그냥 돌려보내겠어요
돌베개를 고쳐 다시 괴어드리겠어요

# 상어

내가 상어를 처음 만난 곳이
전망 좋은 바닷가 카페,
삐떼루 삐떼루였어

상어는 깜깜한 바닷속 제5공화국에서 태어나
침몰한 유물선에서 흘러나온
금화를 주워 놀며
뻘밭에서 자랐다 했어

육지를 동경하여
양치식물들이 사슴을 쫓고
공성(攻城)의 돌들이 날아가는 투석기 옆을 지나
붉은 곰이 편백나무를 잡아먹는
야만의 오지까지 여행한 적도 있다고 했어

또 자신은 회고주의자여서
먼 대륙의 잠자는 돌의 심장과
죽은 분화구를 여전히 사랑한다고 했어

내가 말했지, 그럼 육지로 올라와 나와 같이 살자
바다와 육지가 평등해진다면!
아니, 육지가 바다라면!
상어는 이를 하얗게 드러내 보이며 웃었어

우리는 바다의 유리잔에 포도주를 채웠어
나는 상어에게 스카프를 선물했지
그런데, 이런 게 바로 신의 장난 아닐까

하필 그때 웬 훼방꾼이 나타나
아니 바다가 왜 거꾸로 걸려 있지?
하고, 벽에 걸려 있는 액자를 되돌려놓은 것이,
상어는 얼른 바다로 되돌아갔어

꼬리지느러미에 매어준 스카프는 물에 젖어 풀리
지는 않을까
언젠가 초대하여 보여준다던

상어의 정원은

바닷속 얼마나 깊은 곳에 있을까


나는 갑자기 울고 싶어졌어

사랑의 맹세란 유리잔같이 깨지기 쉬운 것

바다의 포도주는 아직 그렇게 많이 남아 있는데


이런 생각이 오래 떠나지 않았어

포말로 스러져가는

물방울 무늬 스카프보다

차라리 영원을 속박하는 튼튼한 그물이나 준비해

던져볼걸

# 환(幻)


활짝 핀 벚꽃나무 아래로
수상한 사람이
지나갔다

어깨에 닿을 듯 늘어진
벚꽃나무 가지와
어떠한
접선도 없이!

아무것도 의심할 것 없는
화창한 사월의
어느 날 오후

# 북쪽 사막

자동차가 죽었다
호두나무가 듬성듬성 서 있는
가파른 언덕 아래 25번 국도에서

차의 외양은 흠집 하나 없이 매끈하고
무엇과 충돌한 흔적도 없어
시동만 걸면 금방이라도 더 달릴 수 있어 보였다
그런데 차 문을 열어보니 아하!
차 안 여기저기 피가 튀어 있었다

북쪽 사막으로 가는 25번 국도에서
이런 사건은 그리 놀랄 만한 일이 아니다
이 길 위에서
철학은 모자를 잃어버리고
백일몽은 끝없이 안개 낀 숲 속을 배회하고
빙산은 제 영혼의 9할이 갑자기 녹아 사라져버리
기도 한다

그런데 자동차들은 왜 북쪽 사막으로 미친 듯이
달려가는 걸까
   거긴 예전에는 삵과 이리의 고향
   지금은 얼굴 흰 기계들이
   납과 수은의 씨앗을 만드는 곳

   거친 숨을 헐떡이며 네온사인 반짝이는
   황혼녘의 주유소에 들를 때마다
   바퀴로 가는 낙타여,
   그대는 진정 회개하였느냐?
   이런 물음에 답해야 하는 고통도 앞으로는 없겠다

   자동차는 죽었다
   시속 2백 킬로미터의 속도로 찔려 죽었다
   벌써 핸들과 클랙슨은 새로운 드라이버를 찾아
   어두운 지하 세계를 헤매는데
   저 식은 쇳덩이를 견인해 갈 야만과 광기는 어디
쯤 오고 있는 것이냐

# 왕자와 거지

보은 공단 공유지 한 켠에
녹슬고 고장 난 채
비를 맞고 서 있는 기계를 보았네

아니, 자네 왜 거지 옷을 입고 여기 있나
한때 쇠를 씹어 먹고
이빨로 철판을 철컥철컥 자르던
노동의 왕자 아니었나?

기계와 나는 가까운 술집으로 자리를 옮겼네
우리는 웃고 마시고 노래를 불렀지
기계가 소리쳤네
두고 보게나
앞으로  우리  기계들  세상인  미래가  오면  미래가
오면……

정말 미래는 어떻게 다가올까
아마 미래의 그때에도

모닥불 앞에
추운 기계들이 둘러앉아
저처럼 잉여의 노래를 부르고 있겠지

그러니 기계들이여,
너무 멀리서 미래를 기다리지 말게
벌써 인간과 기계가 키스하고
기계끼리도 사랑을 나눌 수 있는
내가 아는 좋은 2차 술집이 있다네

# 베어낸 느티나무에 대한 짧은 생각

도로 확포장 공사로 오래된 느티나무가 베어졌다
마지막으로 나는 그 나무에게서, 그늘에
앉아 쉬던 의자 하나와
올가미 한 개와
3만 볼트의 초록 전기를 물려받았다

그런데 요즘 세상 그런 걸 뭣에 쓰나
누가 구식으로 나무 아래 서성이다
목을 매달고
하릴없이 번개에 맞아 죽나

세상은 참 빠르게 변한다
내가 사는 곳도 한때
자작나무 숲이었다가
콩밭이었다가
옥수수밭공화국에서
이제 하우스딸기공화국으로 변했다

주말이면 골짜기 백합이
한 아름 복음을 안고
산을 내려와
죄를 사해주고
늑대들은 네일숍에 앉아
습기를 막기 위해 그들 발톱에 에나멜 칠을 한다

나는 당장 처마 밑 말벌집을 제거하고
마당가 잡초도 베어야 한다
느티나무 혼은 지금쯤 천국에 다다랐을까?
에이, 그딴 거 생각 말고 TV 앞에 누워 프로야구
나 보자

# 참새

내가 참새가 되려 할 때,
나와 친한 나무가 말했다
진짜 인류를 버리고
새가 되어봐

내가 참새가 되려 할 때,
참새 장로들 앞 시험에서
나는 빨갱이 사과를 정확하게 가려내었다
눈 하나 깜짝하지 않고
아무 신문이나 펼쳐
종이에서 태어난 괴물들을 술술 읽었다

내가 참새가 되려 할 때,
화분에서 소리 없이 시들던 식물이
한때 황야를 주름잡던
유명한 총잡이 선인장이란 것도 알았다
작아지고 작아진
내 희미한 옛사랑의 그림자에

독수리 아가씨도 하늘에서 울었다

내가 참새가 되려 할 때,
친한 나무가 말했다
인류를 버리고
진짜 새가 되어봐
나는 생활이 절박했으므로 금세 참새가 되었다

# 나는 묻는다

소년 병사들이 목마를 언덕에 끌어다 놓고 어디론
가 가버렸다
이제 싸움은 끝났다!
잿빛 비둘기가
감람나무 잎을 물고 날아와
대홍수를 멸망케 했으니,

나는 또 쓸데없이 4월의 젊은 벚꽃에게 묻는다
이제 다시 불은 휘어지고 흙은 구워지는가
꺼진 불 속에서 검은 숯과 재가 서로 얼굴을 더듬
어 찾는가
해마다 언덕은 푸르러지는가
그곳에서 암소로 변신한 국가도 평화롭게 풀을 뜯
을 수 있는가

4부

# 영국 공기

내사 사는 곳 공중에
새로 이사 온 사람이
망치를 빌려달라고 하여
나는 공중으로 있는 힘껏 망치를 던졌다

그리고 망치를 빌려준 사실을 까맣게 잊을 무렵,
우연히 길모퉁이에서 그를 만났다
실크 모자를 쓰고
가죽 가방을 들고
또 한 손으로 접은 우산을 돌리며 걸어오는 것이
그가 틀림없었다
나는 다가가 반갑게 악수를 나눴다

친애하는 홈스 씨,
한국의 음식과 날씨는 어떻습니까
여기선 얼마나 머무를 예정입니까
참, 빌려드린 망치는 언제 돌려주실 겁니까

# 튤립

  먼 데 나팔이 울리고, 누군가 2층 창문을 열고 외
쳤다
  경찰이 오고 있다!
  그때 우리는 노랑이나 빨강 두건을 쓰고
  튤립당을 결성하여
  막 선언문을 낭독하고 있었다

  그리고, 그날 이후 벌어진 일은 그대가 알고 있는
것과 같다
  백만 송이 대지의 등불이 꺼졌다
  삶이 무미하다는 걸 보여주듯
  소금이 오는 길은 끊어지고
  설탕과 담배도 국경을 넘어 달아나버렸다

  강낭콩 꼬투리 속에서 태어난
  꾀 많은 곰보 소녀는
  일곱 개 이야기 조각을 맞춰
  귀가 커다란 나라의 수수께끼 여왕이 되었다

90

수십 년 바다를 떠돌던 사람들이 간간이 육지에
와닿는다는 소식이 들린다
　하지만 꾀 많은 소녀가
　여왕이 된 건
　이미 돌이킬 수 없는 일


　우리가 천국에 환멸을 느낄 무렵,
　경찰도 마법이 풀렸다
　하여, 그들 본래 모습으로 되돌아갔다 돼지로, 빗
자루로, 부지깽이로

# 옛날 노새가 지나갔다

그는 앉은뱅이 키만 한 그 돌이 왜 독재자가 됐는
지 끝까지 이해하려고 애썼다
하여 그는 마당에 돌을 끌어다
매몰차게 다 파묻진 않고
돌의 이마가 보이게 묻었다

그리고 그가 기르던 토끼의 자치 공화제 실험이
실패로 돌아갔을 때
실패의 상심으로 토끼들이 번번이 죽어 나갈 때
무정한 돌이여,
하고 마당에 나가
돌의 이마를 짚어보곤 하였다

그는 이제 소소한 일과로 하루를 보낸다
들에 나가 감자를 캐고
해바라기를 키우고
부서진 문짝이나 새는 지붕을 고치고
그러다 문득 가슴에 다시 이는 불을 끄다 생각해

보면,

　좋은 시절은 이미 지나간 것, 아니, 아직 오지 않
은 것
　세월의 무게를 견디지 못하고
　허리 둥치가 구부러진
　버드나무 앞으로
　느릿느릿 옛날 노새가 지나갔다

# 연못

거기 연못은 아직 젊어 보였소
그런데 생활이 얼마나 절박했던지
나를 보자마자 대뜸
실과 바늘이 필요하다 하였소
양파 한 자루도 구해달라 하였소

당신을 사랑해!
나는, 일찍이 연못을 떠나
멀리 나무에 올라가 살고 있는 잉어의 말을 전했소

황무지에 카지노를 건설하고
카지노에 찬란한 태양이 뜨면
그리고 그 태양이 춘분의 경계를 지날 때면
금의환향 돌아오겠다던 그의 말도 함께 전했소

연못은 못 들은 척 다시 책 읽어주는 비둘기를 구
해달라 하였소
자신을 젖을 먹여 기른

늙은 수련을 찾아달라 하였소
나는, 당신을 사랑해!
잉어의 말을 다시 한 번 말해주었소


연못은 막무가내 못물에 비친 내 이마의 뿔 한 가
지도 꺾어달라 하였소
나는 세상을 망친
그런 사슴이 아니라고 말해주었소
못물이 거칠게 찰랑거렸소


내 소매가 붙잡혔소
기어이 멱살까지 잡혔소
하마터면 물에 빠질 뻔했다오
그게 내 구두 한 짝을 연못에 빠뜨린 이유라오

# 존 테일러의 구멍 난 자루

아무도 지켜보는 이 없이
자루의 옆구리에 난 총알 구멍으로
존 테일러의 부유한 피와 비명이
모두 빠져나가는 데
채 다섯 시간이 걸리지 않았다


그런데, 존 테일러의 마지막 시간이
꼭 쓸쓸했던 것만은 아니다
'천국을 인도하는 은혜의 그림자들'이라는 호스피
스 모임에서 나온
부패가 따뜻하게 그의 영면을 도왔고
또 코를 감싸쥘 만큼의 악취가 끝까지 그의 곁을
지켰다


존 테일러도 희망의 끈을 놓지 않고 숨이 멎을 때
까지 버둥거렸다
갇힌 자루 속에 웅크리고 누워
옆구리를 움켜쥔 채

그의 허벅지에
피를 찍어 이렇게 썼다
국가는 개새끼, 왜 나를 도우러 오지 않는 것인가

존 테일러는 여섯 달 만에 어두운 농가 수로에서
뼈만 남은 채 발견되었다
납치와 실종과
동정과 의혹 사이에서
사람들의 관심이 다시
연예와 드라마로 옮겨 간 후에

그런데 그가 입고 있던 옷 안쪽에
새겨진 존 테일러라는 이름은
그의 이름인가 양복 상표 이름인가
모든 것은 썩지 아니한가

# 화북(化北)을 지나며

봄에서 가을까지 산간에 흩어져 지내다
겨울이면 산 아래로 내려오는
염소처럼, 동그마니 집들이 모여 있는 마을이 있
었다

어느 해 여름 큰비 왔을 때
마을 위쪽 골짜기에서
폐사지에 묻혀 있던 동종이 발견되기도 하였다
마을사람들은 네 다리가 묶인 멧돼지처럼 종을 번
쩍 들어올려 메고 내려왔다

독초와 연애의 구별법도 모르고
마을에서 호올로 자란 아이는
벌써 목소리가 큼큼해져
내후년쯤엔 산적이 되어 있다는 소식을 기대해도
좋았다

나는 멀리 마을이 내려다보이는 산길을 지나다

어느 의열단이 버리고 간
육혈포를 주운 적도 있었다
이제 이 산하에는 그것으로 쓰러뜨릴 만한 거목도
없는 듯하였다


속리산 너머 화북 지나
골짜기 아랫마을로 한지를 사러 가던 시절이 있
었다
냇가에 살얼음이 하얗게 떠 있던 늦가을 아침이
었다

# 마을회관 준공식

그러니까 그때가 언제였던가
마을 광장에
비둘기파가 결성되기 전
피 묻은 돌멩이들이 통신처럼 날아다닐 때

꽃을 동지라 불렀을 때
가령, 마을 이장이
이런 식으로 방송할 때
오늘 아침 맨드라미 동지께서 피어나셨습니다

죽은
산과 강을 살리겠다고
노란 피부의 나무들이 세 걸음마다
하나씩 열매를 떨어뜨리며 오체투지로 마을을 지
나갈 때

먼 곳에서 그때 처음 본
플라스틱 바가지가 떠내려왔을 때

100

그것으로 목을 축이며 아이들이
돌로 된 가방을 메고 산 너머 학교에 다닐 때

그리고 심청이 집을 나설 때
내가 너를 팔아 눈을 뜬들
무슨 소용이 있겠느냐
심봉사의 넋두리 너머 새마을 외인 함대가 당도하
였을 때

# 검은제비나비

앞으로 저 나비를 검은 히잡의 테러리스트라고 부르지 말자
허리에 폭약을 친친 감고도 나비는
세계의 근심 앞에서
저리 가벼이 날고 있지 않은가
꽃들이 팡팡 터지는 봄날의 오후
나비는 녹색 전선에 앉았다 붉은색 전선에 앉았다
아찔하게 생의 뇌관을 건드리고 있으니
우리도 꽃시장에서 만날 약속을 하루만 더 미뤄두자

# 저수지

저 물의 깨진 안경을 보오
저 물의 젖은 손수건도 보오
물속에 4인 가족 자동차가 살고 있소

물은 고요하고 깊으오
물의 벽지를 바꿔도 좋소
물의 침대를 새로 들여도 괜찮소
자동차는 바닥의 진흙에 박혀 더 산뜻하오

유서는 없었소,
저들은 지상에서 맨몸으로 날을 세워
수없이 폭풍과 눈보라를 찍었소
그러니, 물에 빠진 저 도끼를 다시 꺼내지 마오

저들이 어떻게 사나 가끔씩
돌을 던져보아도 좋소
물가까지 쫓아온 빚쟁이들도 안부를 묻고 가오
찢어진 물은 곧 아물 거요
벌써 미끄러운 물 위로 바람이 달리고 있소

# 내가 낮잠을 자려 할 때

거위가 동네 연못 등 때를 밀어줄 때, 그리하여 못물이 한결 더 미끈하고 부들부들해질 때

거위한테 온 편지를 내가 먼저 슬쩍 읽어볼 때, 그것이 가슴 아픈 사랑의 내용인 건 분명한데 쐐기문자로 씌어진 건지 탱자나무 가시로 씌어진 건지 빗물에 번져 잘 구별되지 않을 때

마당에 떨어진 거위 깃털 하나 주워 들고 와 자꾸 방으로 들어오는 성가신 개미를 쓸어낼 때, 아니 그보다 더 성가신 까만 누에씨 같은 졸음을 살살 쓸어낼 때

한낮 시끄럽게 울던 거위 어디 간 듯 보이지 않고, 지난겨울 쓰던 난로만 창고에 목이 쉰 거위마냥 덩그마니 놓여 있을 때

# 도라지꽃 연정

나는 이제 좁쌀보다도 작은 백도라지씨를 더는 미운 마음으로 가려내지 말자고 다짐했다

그래도 사방이 온통 보랏빛인 청도라지 꿈을 꾸다 벌떡 일어나기도 했다

나는 길을 잘못 걸어왔는지도 모른다 반달을 툭 분질러 깨문 것같이, 길을 잘못 걸어왔는지도 모른다

산길을 걸을 때 희기도 하고 보랏빛이기도 한 얼룩이 옷에 묻기도 했다 그런 날이면 산첩첩 노루산장에서 하룻밤 자고 오기도 했다

# 상징의 발견과 미의 복원

이 재 복

## 1. 심미적 투사와 발견의 감각

송찬호의 시에는 고전적인 품격이 내재해 있다. 이 품격은 시의 토대를 이루는 말 혹은 언어와 존재 일반에 대한 깊이 있는 모색의 결과물이다. 시에서 말이나 언어에 대한 모색은 다른 많은 시인들의 경우에도 드러나는 일반적인 현상이지만 그것이 모두 존재 일반에 대한 깊이 있는 모색의 결과라고는 볼 수 없다. 언어와 존재 일반에 대한 문제는 단순한 기교나 형식 논리의 차원을 넘어 의식과 대상, 발견과 탈은폐, 소여(所與)와 전망, 형상과 질료, 상상과 표현, 상징과 이미지 등과 같은 미학적인 차원을 아우르는 모색의 과정이다. 그런데 시에서 언어의 형식이나 원리에 집중하여 시 일반에 대한 논의가 이루어

106

지면서부터 존재의 집으로서의 언어나 시에 대한 논의는, 생경한 철학의 문법을 그대로 노출하거나 아니면 철학과 문학 사이의 애매한 경계에서 허우적거리다 좀더 선명하고 진일보한 방향으로 나아가지 못한 채 변죽만 울리고 있는 형국이다.

시에서 언어의 문제는 오롯이 철학의 영역에서 다루어질 수 있는 것도 아니고 또 문학의 영역에서 다루어질 수 있는 것도 아니다. 어쩌면 그것은 철학과 문학 사이에서 일정한 긴장의 형태로 존재하는 것인지도 모른다. 이런 점에서 시에서 언어의 문제는 미학의 관점이나 방식으로 해석할 수 있는 여지가 많다고 할 수 있다. 바움가르텐에 의한 미학의 정립이 시에 관한 철학적 성찰을 통해 이루어졌다는 점을 고려한다면, 미학 내에서 시 언어와 존재의 문제를 모색하는 것은 그 세계의 의미와 미적 조건을 드러내는 데에 반드시 필요한 과정일 수 있다는 것을 말해준다. 하지만 이러한 미학의 관점과 방식으로 시를 들여다볼 때 한 가지 염두에 두어야 할 것은 '과연 이 시가 그것을 견딜 만한 미학성을 지니고 있느냐' 하는 점이다. 미학의 조건이나 미학성을 제대로 갖추지 못한 시를 이러한 관점과 방식으로 이해하고 판단하는 것은 해석의 공허함을 불러일으킬 수 있다. 어떤 시가 좋은 시인가, 하는 문제를 미학의 관점과 방식의 차원으로 들여다보면 시의 차이는 물론 가치 역시 보다 분명하게 드러날 것이다.

우리 시사에서 혹은 최근 우리 시단에서 이러한 미학의 조건과 미학성을 견딜 만한 시인이 얼마나 될까? 요즘 우리 시단은 미학적인 자의식이 아닌 과도한 자기만족이나 자기결핍 같은 심리적인 자의식이 팽배해 있어 미학적인 논쟁과 투사가 그 장 속으로 뚫고 들어가기가 쉽지 않다. 미학에 대한 자의식이 희미해지거나 소멸하는 것만큼 불안하고 불행한 일이 어디 또 있을까? 어느 때보다 양과 질의 이율배반이 우리 시단을 지배하고 있는 상황에서 송찬호의 시는 이 모순에 대한 긍정적인 전망의 가능성을 내재하고 있다는 점에서 우리가 줄곧 주목해왔고 또 앞으로 주목해야 할 중요한 텍스트이다. 그는 지금 우리 시단에서 이러한 미학의 조건과 미학성을 견딜 만한 시를 쓰는 몇 안 되는 시인 중의 하나이다. 그의 시의 궤적은 곧 미학의 조건과 미학성에 대한 모색의 과정이라고 해도 과언이 아니다.

　　첫 시집인 『흙은 사각형의 기억을 갖고 있다』(1989)와 두번째 시집인 『10년 동안의 빈 의자』(1994)에서 보여주고 있는 말 혹은 언어의 존재와 실존에 관한 세계는 그의 시의 문제의식이 의식 주체(시인)와 대상(현실) 사이의 불화에서 오는 치열한 존재론적인 고통을 말이나 언어를 통해 미적으로 승화하는 데에 있다는 것을 증거한다. 한 편의 시가 의식 주체와 대상 사이의 관계 속에서 발생하는 것이라는 점에서 보면 그의 두 시집에 대한 이러한 의미 부여는 다른 시인의 그것과 차이가 드러나지 않을 수도 있다. 하지만 여기에서 우리가 주목해야 할 것은 의식 주체가 대상을 어떻게 인식하고 그것을 표현하느냐 하는 점이다. 그의 시에서 의식 주체는 대상을 인습적이고 상투화된 형식 논리나 의미의 구조 속에서 받아들이는 것이 아니라 대상과의 불화와 충돌을 낯설고 돌발적인 차원에서 받아들임으로써 새로운 상징과 미적 질서를 창출하게 된다. 이것은 미학의 조건과 미학성을 이루는 토대이면서 그것의 깊이를 가늠하는 시적 태도이기도 하다. 송찬호의 시가 드러내는 차이가 여기에서 비롯된 것이라는 사실은 무슨 특별한 비법을 기대한 이들에게는 실망스러울 수 있지만 그 비법이 기본의 깊이에서 온다는 것을 이해한다면 어느 정도 수긍이 갈 것이다. 이런 점에서 그의 시의 미학은 '고전적classical'이라고 할 수 있다.

송찬호 시의 미학의 고전적인 깊이는 세번째 시집인 『붉은 눈, 동백』(2000)에 와서 좀더 선명한 이미지와 실체를 통해 형상화되기에 이른다. 이 시집은 미가 세계 속으로 침투해 들어갈 때 발생하는 존재론적이고 실존적인 사건을 '동백'과 '사자' 그리고 '산경'이라는 질료를 통해 정중동의 차원에서 선명하게 그려낸 수작이다. 하나의 사건이 정의 차원에서 동의 차원으로 이동하면서 세계의 은폐된 역동성과 생명성이 낯선 상징과 이미지를 발생시켜 강렬한 미적 감각을 환기한다. 미적 감각이 강렬하면 강렬할수록 미 자체가 견고한 것이라면 『붉은 눈, 동백』
은 여기에 해당된다고 할 수 있다. 미 자체에 초점을 두고
그것을 어느 일정한 경지까지 끌어올린 시인의 시적 태
도의 이면에는 미의 전일성이 아니라 유연성과 다양성이
전제되어 있다는 사실을 인식할 필요가 있다. 미에 대한
그의 이러한 성격이 네번째 시집인 『고양이가 돌아오는
저녁』(2009)에 와서는 동화적 상상력을 통한 자연과 문
명 사이의 불화와 새로운 화해의 가능성에 대한 모색으
로 이어진다. 동화적 상상력이 위악적인 문명의 현실과
만나면서 발생하는 여러 사건들을 통해 우리가 살고 있
는 지금, 여기의 현실이 동화 같지 못함을 역설적으로 환
기한다. 시인이 드러내는 이 역설은 온건한 시적 태도로
보일 수 있다. 하지만 이 온건함 속에는 이미 문명에 의해
점령당한 일상과 현실의 세계를 자연의 순수하고 신화적
인 세계와 충돌시켜 그것을 회복하려는 급진적이고 변혁
적인 상상력과 의지가 투영되어 있다.

　의식 주체와 대상과의 긴장의 정도에 따라 여기에서
만들어지는 세계는 인습화된 상투성의 차원을 드러내기
도 하고 또 낯설고 새로운 존재의 차원을 드러내기도 한
다. 그의 시에서 이 차원은 주로 상징의 방식으로 제시된
다. 그의 상징은 어떤 생경한 시적 대상을 통해 이루어지
지는 않는다. 그의 시의 표제가 된 '흙' '의자' '동백' '고
양이' 등은 우리에게 친숙한 시적 대상들이다. 이 사실은

그의 시의 상징이 인습적이고 상투화된 차원으로 전락하거나 여기에 함몰될 수도 있다는 것을 의미한다. 하지만 이 친숙한 시적 대상들은 '사각형의 기억' '얼음 속 불꽃(부재의 실존)' '붉은 눈' '비린내와 궁기' 등과 같은 낯설고 새로운 상징을 은폐한 채 하나의 세계를 이룬다. 우리가 그의 시를 읽고 여기에서 인습적이고 상투화된 상징 논리가 아닌 혹은 어떤 개념이나 도구적인 연관성을 통해 매개되거나 해석되지 않는 낯선 상징 논리를 체험하게 되는 것은 그만의 이러한 상징의 방식과 존재성 때문이다.

이번 시집 역시 그의 이러한 상징 논리가 잘 드러나 있다. 언제나 미의 세계와 현실의 세계 사이에서 일정한 균형과 긴장을 유지해온 그의 시적 태도가, 보이는 차원은 물론 보이지 않는 차원을 아우르면서 하나의 독특한 상징 세계를 구현하고 있다고 할 수 있다. 그의 시의 상징은 낯설고 새로운 세계를 표상하고 있지만 그것이 생경하고 난해하게 느껴지거나 인식되지는 않는다. 이것은 시인의 시작 태도가 이 세상 어디에도 존재하지 않는 어떤 새로운 것을 만들어내야(창조해내야) 한다는 강박으로부터 비롯된 것이 아니라 이미 이 세계 어딘가에 은폐되어 있는 것을 발견해내야(탈은폐해야) 한다는 의지에서 비롯된 것이라고 할 수 있다. 창조의 주체가 신이냐 인간이냐 하는 그런 복잡하고 난해한 논쟁의 차원을 넘어, 무에서

유를 만들어내는 창조보다는 이미 존재하는 것에서 그것을 찾아내는 발견의 논리와 의미가 의식의 주체와 대상 사이의 긴장을 전제로 시의 실체를 구현하는 일이 가능하다는 것을 고려한다면, 이 발견은 좀더 현실적인 논의의 개연성을 지닐 수 있다. 이때 여기에서 말하는 발견은 눈에 보이는 드러난 차원보다는 눈에 보이지 않는 드러나지 않는 차원을 전제로 하기 때문에 그것에 대해 논하는 것은 비개념적이고 도구화되지 않는 미지의 낯선 영역을 들추어낸다는 점에서 시적 상징의 본래 의미를 탐색하는 것과 다르지 않다. 우리가 그의 시적 궤적의 의미나 시사적인 의미를 찾는다면 그것은 바로 이러한 상징의 발견에서 찾아야 할 것이다.

## 2. 상징 혹은 형상과 질료의 주름

송찬호 시의 상징이 발견에서 비롯된다는 것은 그가 독특한 시각과 방식을 전제한다는 것을 말해준다. 발견의 의미가 어떤 개념이나 도구적 연관성을 배제한 상태에서 이루어지는 행위를 내재하고 있기 때문에 어쩌면 이러한 전제는 당연한 것인지도 모른다. 이런 점에서 어떤 시를 평가하고 해석할 때 발견이라는 범주에서 그것을 해명하는 경우는 흔치 않다. 어떤 시가 발견의 범주가 내포하는 의미를 견딜 만한 충분한 조건을 갖추고 있지 않다면 그것을 발견의 차원에서 해명하는 일은 공허한 일이 될 수밖에 없다. 진정한 발견은 세계에 은폐되어 있는 의미를 개념이나 도구적인 연관성 없이 탈은폐하는 행위라고 할 수 있다. 이 말은 시인의 의식이 개념이나 도구 같은 인습화되고 고정관념화된 세계로부터 벗어나 있어야 한다는 것을 말한다. 개념이나 도구는 주로 사유를 통해서 가공되어진 틀이나 체계를 가리키는 것으로 이렇게 되면 인간의 의식은 간접화되며, 이 상태에서는 의식이 세계에 은폐되어 있는 의미를 발견할 수 없다.

은폐된 세계와 만나기 위해서는 시인의 의식 자체가 직접적이어야 한다. 이렇게 개념과 도구에 의한 사유를 통해 가공되지 않은 직접적인 의식을 '소여(所與)'라고 한다. 우리가 이 소여의 상태에서 어떤 존재를 만날 때 은폐된 세계가 탈은폐되는 이러한 존재론적인 사건이 바로 발견인 것이다. 진정한 세계의 의미란 소여의 상태에서 드러나는 것으로 이 내재적인 사건(질료)이 없으면 어떤 낯설고 새로운 형상을 짓는 것은 불가능하다. 직접적인 의식의 투사로 인해 어떤 형상이 가능하다면 여기에 발견의 과정이 내재해 있다고 볼 수 있으며, 이 발견의 유무와 방식과 성격이 시의 미학성을 결정짓는 주요한 요인이 되는 것이다. 은폐되어 있는 세계는 의식 주체의 상태에 따라 탈은폐의 여부가 결정된다고 할 수 있다. 시인의 의식이 직접적인 소여의 상태에 놓여 있으면 세계에 은폐된 의미가 미적 형상을 짓지만 그것이 간접적인 상태에 있으면 불가능하다. 이런 점에서 세계는 창조하는 것이 아니라 발견하는 것이다.

> 멀리서 보니 그것은 금빛이었다
> 골짜기 아래 내려가보니
> 조릿대 숲 사이에서
> 웬 금동 불상이
> 쭈그리고 앉아 똥을 누고 있었다
>
> 어느 절집에서 그냥 내다 버린 것 같았다
> 금칠은 죄다 벗겨지고
> 코와 입은 깨져
> 그 쾌변의 표정을 다 읽을 수는 없었다
>
> 다만, 한 줄기 희미한 미소 같기도 하고 신음 같기도 한 표정의 그것이
> 반가사유보다 더 오래된 자세라는
> 생각이 잠깐 들기는 했다
> 가야 할 길이 멀었다
> 골짜기를 벗어나 돌아보니 다시 그것은 금빛이었다
> ──「금동반가사유상」 전문

하나의 발견이 직접적인 의식의 과정을 통해 이루어고 있음을 잘 보여주고 있는 시이다. 의식의 주체는 시적 대상인 '불상'을 어떤 개념이나 도구와의 연관성 속에서 드러내지 않고 순수한 지각의 차원에서 그것을 드러내고 있다. 이것은 '불상'이 하나의 고정된 형상으로 드러나지 않는다는 것을 의미한다. 시 속의 '불상'은 '멀리서 보면 금빛'이고 가까이 가서 보면 '금칠이 죄다 벗겨진' 모습이다. 또 그것은 '쾌변의 모습'으로 보이기도 하고 '희미한 미소나 신음 같은 표정'으로 지각되기도 한다. 이 다양한 형상은 '불상'이 지각의 상황과 방식에 따라 다르게 나타날 수 있다는 것을 말해준다. 이때의 지각은 직접적인 의식의 산물이라는 점에서 그 안에 무언가로 만들어질 수 있는 가능성, 곧 질료를 지니고 있다고 할 수 있다. 형상은 이 질료로써 만들어지며, 질료가 내재하고 있는 가능성 속에 형상은 이미 깃들어 있는 것이다.

　시 속의 다양한 형상은 '불상'의 존재를 희미하게 하거나 분산시키지 않고 내적 응축의 양상을 보인다. 비록 형상은 다양하게 드러나지만 그것을 솟구치게 하는 힘은 '금빛'으로 수렴된다. 형상의 다양함이 내적으로 응축된 질료에 의해 이루어진다는 논리는 의식 주체가 '금빛'에 끌릴 수밖에 없는 이유를 잘 말해주고 있다. 의식 주체가 '금빛'에 끌리는 데에는 관념이나 개념에 의해서라

기보다는 순수한 지각 혹은 지각의 순수함에 의해서라고 할 수 있다. 왜 의식 주체가 '금빛'에 끌렸을까? 이 물음에 대해 '금빛'의 원래 관념을 따지는 것은 무의미해 보인다. 이 시에서의 '금빛'은 원관념과의 관계성(유사성)으로 해명될 성질의 것이 아니라 그 자체로 강렬한 존재성을 드러내는 차원에서 해명되어야 한다. 이런 점에서 '금빛'은 하나의 상징이다. 상징으로서의 '금빛'은 그 자체로 강렬한 존재성을 드러내기 때문에 애매하고 모호할 수밖에 없다. 하지만 이 애매함과 모호함은 의식 자체의 직접성 혹은 직접적인 의식에 의한 지각장의 풍부함을 의미한다.

이렇게 상징은 지각장의 풍부함 속에서 그 존재성을 잘 드러낸다. 이 사실은 지각장이 허약하거나 약화되면 상징 역시 제 기능을 상실하게 된다는 것을 말한다. 인습화된 상징의 경우가 좋은 예이다. 인습화된 상징은 의식 자체의 직접성이 사라지고 그것이 내재한 관념이나 개념을 통해 의식의 간접화가 이루어지기 때문에 지각의 풍부함은 약화될 수밖에 없다. 하지만 시 속의 '금빛'은 이러한 것과는 거리가 먼 낯설고 새로운 미적 충격을 강하게 환기하고 있다. 상징은 강렬하면 강렬할수록 미적 충격의 정도가 크다. 그의 시는 이와 같은 상징으로 이루어진 지각장이다. '금빛'에서처럼 그의 시 속의 상징은 애매하고 모호하면서도 낯선 충격을 준다. 그의 시 속에서 상징을 드러내는 형상은 우리에게 널리 알려지거나 친숙한 것들이다.

그러나 이 형상들은 시인에 의해 낯설고 새로운 상징으로 거듭난다. 가령 '나막신'은 친숙한 시적 대상이지만 시인에 의해 그것은 '맨드라미 즙이 문질러진 분홍 나막신'(「분홍 나막신」)으로 바뀌면서 상징성을 획득하게 된다. '나막신'은 단순한 재료이지만 '분홍 나막신'은 의식 주체의 미적 지각이 깃든 질료이다. 하나의 재료를 미적 질료로 바꾸는, 이 질적 도약의 과정을 통해 '맨드라미 즙이 문질러진 분홍 나막신'이라는 상징물이 탄생한 것이다. 재료와 질료의 차이에 대한 의식 주체의 인식은 '여우털목도리'를 '뜨거운 불'(「여우털목도리」)로 바꿔놓고, 지극히 일상적이고 인습화된 '장미'를 이 세상에 하나밖에 없는 '천둥을 머금은 장미'(「장미」)로 바꿔놓기에 이른다.

  나는 천둥을 흙 속에 심어놓고

  그게 무럭무럭 자라

  담장의 장미처럼

  붉게 타오르기를 바랐으나


  천둥은 눈에 보이지 않는

  소리로만 훌쩍 커

  하늘로 돌아가버리고 말았다

[……]

언젠가 다시 창문과 지붕을 흔들며
천둥으로 울면서 돌아온다면
가시를 신부 삼아
내 그대의 여윈 목에
맑은 이슬 꿰어 걸어주리라

—「장미」 부분

낡고 인습화된 '장미'의 의미를 어디에서도 찾아볼 수 없을 만큼 의미 지평이 열려 있다. 그만큼 이 시에 무언가를 만들어낼 수 있는 가능성이 은폐되어 있다는 것이다. 의식의 직접성이 '천둥'과 '장미'의 인습화된 의미의 장벽을 해체하고 '천둥을 머금은 장미'라는 새로운 상징을 발견해낸 것이다. 개념화되고 도구화된 '장미'의 틀 속에서 보면 그 '장미'는 사랑이나 정열과 같은 낡은 의미의 생산으로 귀결되지만 이렇게 의식의 직접성이 살아 있는 열린 지평의 차원에서 보면 그것은 온갖 모순과 역설의 의미마저 아우르는 무한한 가능성을 머금은 하나의 상징물이 된다. '천둥을 머금은 장미'의 형상이 은폐하고 있는 세계를 발견하는 것은 이런 이유로 우리의 지각을 활짝 열리게 하는 일이 된다. 의식 주체의 지각이 활짝 열리기 위해서는 눈에 보이는 차원뿐만 아니라 눈에 보이지 않는 차원이 전제되어야 한다. 의식 주체의 지각은 눈에 보이지 않는 차원을 향할 때 의미 지평이 더욱 확장된다. 이런 맥락에서 볼 때 '천둥을 머금은 장미'의 형상이 가능한 것이 어쩌면 "눈에 보이지 않는/소리로만 훌쩍 커" 그것이 "하늘로 돌아가버"렸기 때문인지도 모른다.

'눈에 보이지 않는 소리'는 그것이 눈에 보일 때 발생하는 관념의 차원으로부터 자유로울 수 있다. 눈에 보이는 것에 의식이 고정되어버리면 그 이면에 은폐되어 있는 눈에 보이지 않는 크고 깊은 세계를 지각할 수 없다. 의식이 이곳을 향할 때 '소리'에 이르는 직접성은 커지게 되고 그것이 만들어내는 가능성 역시 커지게 된다. 그의 시 속 의식의 주체는 눈에 보이지 않는 '귀신'의 존재조차 지각한다. 의식의 주체는 「귀신이 산다」에서 "그는 가끔 누구와 이야기 하고 있는 듯/혼자 중얼거렸다"고 말하기도 하고 또 "어깨 위 허공으로/바나나와 사과를 건네기도 하였다"고 말하기도 한다. 의식의 주체가 눈에 보이지 않는 '귀신'의 존재를 지각하는 것은 그가 놓여 있는 지각장의 세계가 얼마나 확장 가능한지를 가늠할 수 있는 좋은 예이다. '귀신'이 지각으로 드러난다면 이미 그 '귀신'은 부피감과 실체감을 지닌 형상에 다름 아니다.

'귀신'의 경우처럼 송찬호의 시 속 의식의 주체는 눈에 보이지 않는 세계의 이면까지 섬세하게 드러낼 수 있는 지각의 소유자다. 눈에 보이는 차원에 의식이 갇혀 있는 사람들이 볼 때 그 세계는, 과거는 물론 지금 그리고 미래가 연속되어 있는 통합적인 구조가 만들어낸 미적 등가물로 환기될 수 있다. 이러한 지각의 소유자가 발견한 아주 매력적인 대상이 바로 '눈사람'이다. '눈사람'이라는 존재는 의식 주체가 그 형상의 변화를 선명하게 지각할 수 있을 정도로 눈에 띄게 역동적으로 이루어지기 때문에 형상을 이루는 질료로서 매력적인 데가 있다고 할 수 있다. 눈(눈사람)이 물이 되고 다시 물이 얼음이나 눈이 되는 과정은 질료가 어떻게 형상을 짓고 형상이 어떻게 질료로 환원되는지를 또 눈에 보이는 차원(눈에 보이지 않는 차원)이 어떻게 눈에 보이지 않는 차원(눈에 보이는 차원)으로 변화하는지를 섬세하면서도 분명하게 드러낸다. 시 속에서 의식 주체의 '눈사람'에 대한 지각의 과정은 '순간적인 역동성'이라고 표현할 수 있을 정도로 구체적이다.

찌는 듯한 한여름인데도 눈사람은 더워 보이지 않았다
겨울에 보았던 모습 그대로
털모자를 쓰고 목도리를 두르고 있었다
땀도 흘리지 않았다

[……]

얼마쯤 달렸을까 깜빡 졸다 깨어보니

옆자리는 비어 있었다

그는 어디쯤에서 내린 걸까

털모자나 목도리 하나 남겨두지 않고

—「눈사람」부분

　'눈사람'의 형상의 변화를 이야기하고 있지만 그 이면
에는 질료의 의미가 투영되어 있다. '눈사람'의 형상은 소
멸한 것이 아니라 질료의 차원으로 돌아간 것이라고 할
수 있다. '눈사람'이 물이 되었다면 그것은 소멸한 것이
아니라 언젠가는 다시 '눈사람'이라는 형상을 지을 가능
성으로 존재하는 것이다. 형상과 질료 혹은 소멸과 생성
이 반복되면 늘어가는 것은 존재의 주름뿐이다. 이런 식
의 인식 태도는 차이나 반복을 통한 생명의 무한한 잠재
성이나 가능성을 드러낸다는 점에서 들뢰즈적 사유를 환
기하지만 여기에서 우리가 주목해야 할 것은 존재가 창
조(발명)되는 것이 아니라 발견된다는 사실이다. '눈사
람'이 녹아 물이 되고 물이 다시 '눈사람'이 되듯이, 파도
는 부서져 소멸하는 것이 아니라 바닷속의 물로 돌아가
다시 파도를 일으킨다는 존재론의 관점에서 발견이 이루
어져야 하고 또 형상과 질료의 논의가 이루어져야 한다.
주름은 차이와 반복을 통해 끊임없이 만들어지는 존재의

장이며, 여기에서 무엇인가를 발견하는 일은 주름으로
된 형상과 질료를 짓는 것에 다름 아니다. 시인 혹은 시
속 의식의 주체가 겨냥하는 세계는 바로 이 주름 내에 하
나의 상징으로 존재하는 것이다. 주름으로 이루어진 상
징은 인습화되고 고정화된 관념의 위험성으로부터 벗어
날 수 있다.


## 3. 순수와 비순수의 진경(珍景)

송찬호 시의 상징이 미적인 형상과 질료로 이루어진
주름의 산물이라는 사실 못지않게 중요한 것은 이 상징
이 드러내는 의미일 것이다. 그의 시의 상징은 개념이나
도구적인 연관성 없이 의식의 직접성에 의해 만들어지기
때문에 여기에 내재된 의미 역시 낯설고 참신할 수밖에
없다. 그의 상징이 드러내는 의미는 기본적으로 의식 주
체가 대상을 어떤 태도로 인식하느냐에 따라 결정된다.
이것은 의식 주체가 어떤 대상을 선택하느냐 하는 것보
다 그것을 어떻게 바라보느냐 하는 것이 중요하다는 것
을 말해준다. 이와 관련하여 이미 그는 『고양이가 돌아오
는 저녁』에서 자신의 입장을 보다 선명하게 드러내 보인
바가 있다. 많은 이들이 이 시집을 '동화적 상상력'에 기
반하고 있다고 한 것은 그의 이러한 입장을 어느 정도 간

파한 것이라고 볼 수 있다. 이 시집에서 의식 주체가 동화
적인 태도를 견지하고 있는 예는 어렵지 않게 발견된다.

하지만 이렇게 '동화적 상상력'이라고 말할 때 문제가
되는 것은 그 동화의 성격이다. 『고양이가 돌아오는 저
녁』에서의 동화란 우리가 흔히 알고 있는 나이브한 차원
의 동화와는 성격을 달리한다. 이 시집에서의 '동화적 상
상력'은 상징에 기반한 고도의 미적 깊이와 단조로운 주
름이 아닌 중층적인 주름으로 이루어진 세계이며, 이러
한 점에서 그것은 나이브한 차원을 넘어선다. 그의 시에
는 천진난만하고 마냥 순수한 세계를 겨냥하는 의식의
흐름이 지배하는 것이 아니라 순수의 이면 혹은 순수와
길항 관계에 있는 비순수의 세계를 겨냥하는 흐름이 일
정한 긴장 상태를 유지하면서 존재한다는 것이다. 이번
시집이 『고양이가 돌아오는 저녁』의 세계를 계승하고 있
다면 바로 이런 차원에서이며, 순수와 비순수의 길항을
통한 시적 긴장은 이번 시집의 상징적 의미 혹은 주름의
의미 층위를 결정하는 중요한 요인으로 작용한다는 점에
서 주목에 값한다고 할 수 있다.

순수와 비순수의 길항은 한 편의 시에서 드러나기도
하고 또 시와 시의 관계에서 드러나기도 한다. 시에서 의
식의 주체가 겨냥하는 궁극은 순수이다. 하지만 이 궁극
에 이르는 길은 결코 쉽지 않다. 이 과정에서 의식의 주
체는 자연스럽게 순수의 이면에 은폐되어 있는 비순수

의 실체와 만나게 된다. 이것은 순수와 비순수가 독립적으로 존재하는 것이 아니라 본래부터 한 몸이라는 사실을 강하게 환기한다. 순수의 이면에 은폐되어 있는 비순수의 존재가 모습을 드러낸다는 것은 어떤 불순한 것이 순수의 영역으로 침투해 들어와 균열을 일으켰다는 것을 의미한다. 이때 여기에서 말하는 '어떤 불순한 것'이란 의식 주체의 내면에서 생겨난 것일 수도 있고 또 주체의 외부에서 생겨난 것일 수도 있다. 하지만 둘 중 어디에서 생겨난 것인지 분명하게 판단하기는 어렵다.

나는 한때 이슬을 잡으러 다녔다
새벽이나 이른 아침
물병 하나 들고
풀잎에 매달려 있는 이슬이란 벌레를

[……]

나는 한때 불과 흙과 공기의 조화로운 건축을 꿈꿨으나
흙은 무한증식의 자본이 되고
불은 폭력이 되고
나머지도 너무 멀리 있는 공기의 사원이 되었으니
돌이켜 보면 모두 헛된 꿈

이슬은 물의 보석, 한번 모아볼 만하지

기껏 잡아놓은 것이

겨우 종아리만 적실지라도

이른 아침 산책길 숲이 들려주던 말,

뛰지 말고 걸어라 너의 천국이 그 종아리에 있으니

—「이슬」 부분

가령 이 시에서 의식 주체의 순수한 꿈을 깨뜨린 어떤 불순한 것은 무엇일까? 시의 전체적인 문맥으로 보아서는 의식의 주체인 '나'는 여전히 순수한 꿈을 포기하지 않은 존재임을 알 수 있다. 다만 처음에 가졌던 꿈이 많이 약화된 것은 사실이다. 그런데 그 원인을 제공한 대상이 모호하다. 순수한 꿈을 포기하지 않은 '나'의 상태로 보아서는 그 대상이 외부에 있는 것 같지만 그것은 어디까지나 추측일 뿐이다. 어떤 불순한 것의 존재를 더욱 애매모호하게 하는 "흙은 무한증식의 자본이 되고/불은 폭력이 되고/나머지도 너무 멀리 있는 공기의 사원이 되었으니"라는 진술이다. 이 각각은 어떤 불순한 것의 주체를 드러내고 있는 진술이 아니다. 이것은 어떤 불순한 것의 존재를 숨긴 채 그 결과만을 진술하고 있을 뿐이다.

그러나 우리는 분명하지는 않지만 시의 행간에서 어떤 불순한 것의 존재를 지각할 수 있다. 의식 주체의 순수한 꿈을 약화시킨 존재가 자신일 수도 있고 또 외부의 어떤 대상일 수도 있다는 것을 애매하고 모호한 지각장의 형태로 제시하고 있는 시인의 의도를 읽어내는 일은 그다지 어렵지 않다. 만일 시인이 어떤 불순한 것의 존재를 분명하게 드러냈다면 모호함은 사라질 것이다. 아울러 그 모호함에서 오는 의식 주체의 내면과 외부 사이에서 발생하는 긴장도 사라질 것이다. 의식 주체의 내면과 외부 사이의 이러한 긴장은 결과적으로 순수와 비순수 사이의 길항 관계를 더욱 견고하게 하는 데 기여한다. 이 시처럼 그의 시는 대부분 어떤 불순한 것의 존재를 분명하게 드러내지 않은 채 순수와 비순수의 길항 관계를 유지하고 있다.

「모란이 피네」의 경우, 문면에 드러나는 것은 의식 주체의 순수한 마음이다. '모란의 마지막 벙그는 모습'을 '종지기가 죽고 종탑만 남아 있는 사원의 마지막 종소리'로 치환한 것도 그렇고, 그것을 '당신께 가져다가 펼쳐놓는 것'도 모두가 의식 주체의 순수함을 표상하는 것이라고 할 수 있다. 그렇다면 이 시에는 의식 주체의 순수함만 존재하는 것일까? 이 물음에 대한 답을 위해 우리는 '왜 마지막 벙그는 모란을 당신께 보여주려 했는지'를 고민해보아야 한다. 모란은 곧 지게 되고, 이 상황은 의식 주체의 순수함을 절정으로 치닫게 했지만 그 이면에는 순수함을 위협하고 불안하게 하는 비순수함이 그림자처럼 드리워져 있는 것이다. 이 비순수함을 시인은 시 속에 언

표화하지 않고 있다. 비순수함의 은폐로 인해 순수는 그
만큼 긴장의 정도를 더하게 된다.

이렇게 비순수의 존재를 문면에 드러내고 있지 않은
경우도 있지만 또 그것을 자연스럽게 드러내고 있는 경
우도 있다. 「장미」라는 시에서는 순수와 함께 비순수의
존재가 전경화되어 있다. 의식의 주체가 겨냥하고 있는
것은 비순수에 대한 순수의 호출이다. 의식의 주체는 우
리를 향해 "이 세계의 피가 모두 빠져나간/창백한 저 흰
사원을/우리의 폭력으로/붉게 다시 채워보자"고 외친다.
이 시의 행간을 조금이라도 읽어낼 수만 있다면 이 외침
의 진의가 순수의 지향에 있다는 것을 금세 알 수 있다.
순수에 대한 갈망이 비순수의 형식으로 제시되고 있다는
점을 주목할 필요가 있다. 여기에서의 '폭력'은 비순수의
표상이 아니라 순수의 표상으로 제시되고 있다. '악이 대
물림'되는 비순수의 세계에 순수의 '폭력'으로 저항하려
는 의식 주체의 태도는 시상의 단조로움과 의미의 단성성
이라는 위험에서 벗어나게 해준다.

순수에 다가가려는 의식 주체의 태도는 독특한 시적
상상력의 발견으로 이어진다.


　　박카스 빈 병은 냉이꽃을 사랑하였다
　　신다가 버려진 슬리퍼 한 짝도 냉이꽃을 사랑하였다
　　금연으로 버림받은 담배 파이프도 그 낭만적 사랑을 냉

이꽃 앞에 고백하였다

　회색 늑대는 냉이꽃이 좋아 개종을 하였다 그래도 이루어질 수 없는 사랑에 긴 울음을 남기고 삼나무 숲으로 되돌아갔다


　나는 냉이꽃이 내게 사 오라고 한 빗과 손거울을 아직 품에 간직하고 있다

　자연에서 떠나온 날짜를 세어본다

　나는 아직 돌아가지 못하고 있다

──「냉이꽃」전문


　의식의 흐름이 '냉이꽃'을 향하고 있다. 의식의 주체인 '나'는 물론 "박카스 빈 병" "슬리퍼" "담배 파이프" "회색 늑대"까지 "냉이꽃"에 대한 사랑을 고백하고 있다. 고백의 주체가 인간만이 아니라 사물이나 동물에 이르기까지 다양하다는 것은 '냉이꽃'이 이 모든 것들을 아우를 수 있는 존재라는 것을 의미한다. 어떻게 '냉이꽃'이 그런 존재가 될 수 있을까? 이 물음에 대해 의식의 주체는 '냉이꽃'이 '자연'이기 때문이라고 답한다. 의식의 주체에게 '자연'은 꼭 돌아가야 하는 곳이다. 그것은 '자연'을 자신의 존재가 시작된 곳으로 인식한 데서 비롯된 것이다. 이런 점에서 '자연'은 순수의 시원(始原) 혹은 순수의 원적지(原籍地)라고 할 수 있다. 의식의 주체는 이곳으로 돌아

가고 싶어 하지만 "아직 돌아가지 못하고 있"는 것은 "자연"에서 너무 멀리 왔기 때문이다. '자연'으로부터 멀어지면 그만큼 순수함으로부터도 멀어지는 것이다. 이 사실은 곧 의식 주체 자신이 점점 비순수의 영역으로 나아가게 된다는 것을 말해준다.

　'냉이꽃'으로 표상되는 순수의 상실과 순수에의 동경이 '자연'과의 관계 속에서 해명될 성질의 것이라면 순수에 균열을 내는 어떤 불순한 것은 문명이라고 해도 크게 틀린 말은 아닐 것이다. "박카스 빈 병" "버려진 슬리퍼 한 짝"이 환기하는 것은 문명의 그늘이라고 할 수 있다. 순수에서 비순수로, 자연에서 문명으로 의식의 흐름이 이동할수록 그의 시의 상징은 알레고리의 속성을 드러내기도 한다. 가령 「검은 백합」의 경우, 그 강한 상징성에도 불구하고 '세상의 어지러워짐과 흑사병에 의해 검은 백합'으로 변해가는 이야기가 마치 인간의 검은 역사의 한 장면을 연상시킨다는 점에서 알레고리적이라고 할 수 있다. 이런 맥락에서 보면 '사물'과 '발화(말)'를 통해 시적 숙명의 문제를 의인화하여 서술하고 있는 「울부짖는 서정」과 '구덩이에 던져진 피 묻은 마대자루'를 초점화하여 '삶'에 대한 시상을 전개해나가고 있는 「구덩이」, 그리고 '폭설'을 의인화하여 '시간의 폐허와 적막'을 이야기하고 있는 「폭설」과 '사막'에서의 '자동차' 사고를 통해 가공할 속도로 미친 듯이 질주하고 있는 현대 문명의 무반성적

이고 '야만과 광기'에 가득 찬 이면을 폭로하고 있는「북
쪽 사막」 등은 지금, 여기의 우리의 현실과 삶에 대한 하
나의 알레고리라고 해도 과언이 아니다.

그러나 비순수로의 흐름과 알레고리적인 성격과 관련
하여 가장 문제적인 시편 중의 하나는「붉은 돼지들」이
다. 이 시가 알레고리적인 것은 '붉은 돼지들'의 운명이
일정한 이야기 혹은 역사를 지니고 있기 때문이다. 이들
은 '도축장'으로 실려 갈 수밖에 없는 운명을 잉태하고 있
다. 이것은 분명 비극이지만 이들은 이러한 자신들의 운
명에 저항하는 법, 다시 말하면 살아남는 법을 알고 있다.
'붉은 돼지들'은 "환란이 닥쳐오면 그들은/면도날처럼 날
카로운 후각으로 흙을 헤쳐/붉은 돼지씨를 심"거나 "'환
란이 닥쳐오면/본래 너희의 땅으로 돌아가라'/오래전
부터 전해오는 그 말을/몸으로 살찌워 운반"(「붉은 돼지
들」)한다. '환란'과 같은 자신들의 비극적인 운명에 좌절
하지 않고 "붉은 돼지씨를 심"거나 예언처럼 '전해져오는
본래의 땅으로 돌아가'라는 말을 몸으로 살찌워 운반'하
는 이들의 모습은 인간(인류)의 역사에 대한 알레고리로
읽힌다. 이들이 보여주는 비극적인 운명에 대처하는 법
으로써의 '붉은 돼지씨 심기'와 '본래의 땅으로의 귀환'은
환란과 도살이 횡행하는 비순수의 시대에 순수를 희구하
는 것으로 볼 수 있다. '씨'와 '본래'가 은폐하고 있는 순
수의 의미를 의식 주체가 발견해냄으로써 이들의 행위는

실존적인 역사성을 띠게 되고, 이로 인해 의식의 주체가 궁극적으로 겨냥하고 있는 것이 '붉은 돼지들'의 역사를 넘어 인간의 역사임을 알 수 있다. '환란'과 '도축'의 운명 속에서도 새로운 실존을 모색하는 '붉은 돼지들(인간)'의 모습은 비순수의 순수 혹은 순수의 비순수라는 삶의 역설을 강렬하게 알레고리화하고 있다는 점에서 일정한 미적 수준을 드러내고 있다고 할 수 있다. 순수와 비순수의 역설에 은폐된 삶의 진경(珍景)을 발견하기 위해 의식 주체는 자신에게 끊임없이 묻는다. 그런데 묻는 방식이 매혹적이다. "이제 다시 불은 휘어지고 흙은 구워지는가/꺼진 불 속에서 검은 숯과 재가 서로 얼굴을 더듬어 찾는가" "그곳에서 암소로 변신한 국가도 평화롭게 풀을 뜯을 수 있는가"(「나는 묻는다」).

## 4. 미의 복원과 고전적 깊이로서의 시

우리 현대시사에서 미학의 조건과 미학성을 견딜 만한 시인을 발견하는 일은 결코 쉽지 않다. 이런 점에서 송찬호의 존재감은 무게를 더한다. 시의 토대를 이루는 말과 언어에 대한 깊이 있는 모색을 통해 자신만의 독특한 상징체계를 구축하고 있는 그의 시 세계는 미에 대한 고전적인 품격과 깊이를 지닌다. 그의 시의 이러한 면모는 어떤 개념이나 도구적인 연관성 없이 세계에 은폐된 의미를 발견하려는 미학의 고전적인 태도에서 비롯된 것으로 볼 수 있다. 우리 시인들의 미에 대한 탐색이 대부분 한때의 유행이나 깊이 없는 실험의 차원에 그친 데 반해 그의 탐색은 일정한 맥락과 전망을 확보하고 있다고 할 수 있다.

이번 시집 역시 미에 대한 이러한 맥락과 전망이 잘 드러나 있다. 그는 현상과 본질, 보이는 것과 보이지 않는 것, 형상과 질료, 은폐와 탈은폐, 미와 현실, 소여와 지평, 상징과 알레고리, 순수와 비순수, 애매성과 긴장 등 미학을 이루는 원리와 그 과정을 시로 구현해보이고 있다. 이것은 우리가 오랫동안 망각해왔거나 상실해버린 '미학으로서의 시' 혹은 '시의 미적 정체성'의 문제에 다름 아니다. 그는 지금, 여기의 흐름 속에서 그것을 복원하려고 한다. 그가 복원하려는 미학은 시의 미적 원리를 이루는 기본적인 조건이면서 미적 이상과 보편성을 실현하는 토대라는 점에서 '고전적'인 성격과 의미를 지닌다고 할 수 있다. 이런 고전적인 시(미학)의 원리와 조건을 지니고 있는 시인을 지금, 여기에서 발견하기는 쉽지 않으며, 이렇게 된 데에는 미의 고전적인 품격과 깊이를 도외시하는 사회적인 상황도 한 원인으로 볼 수 있지만 그것 이상으로 생각해보아야 할 것은 시인 자신의 미 혹은 미학성에 대한 자의식의 결핍이라고 할 수 있다.

그의 시의 고전적인 품격과 깊이는 요즘 우리 시가 상

실한 미학성의 복원을 드러내는 한 예로 볼 수 있다. 특히 개념이나 도구적 연관성 없이 세계 내에 은폐된 대상을 발견해 그것을 하나의 상징으로 만들어내는 솜씨는, 인습화되고 고정화된 관념을 넘어 낯설게하기가 시의 기본 원리라 알고 있는 이들에게 전범이 될 만한 미학적 사건이다. '흙' '의자' '동백' '고양이' '나막신' 등과 같은 일상의 평범한 대상을 '사각형의 기억' '얼음 속 불꽃(부재의 실존)' '붉은 눈' '비린내와 궁기' '맨드라미 즙이 문질러진 분홍 나막신' 등과 같은 낯설고 새로운 상징으로 변화시켜 질적 도약을 이루어온 그의 저간의 궤적은 우리 시의 한 진경이라고 할 수 있다. 하지만 그의 상징은 진화하는 중이다. 이번 시집 속 '붉은 돼지들'의 알레고리를 통해 알 수 있듯이 그의 시의 상징은 미학의 감옥에 갇혀 있지 않고 현실로 통하는 길을 끊임없이 모색하는 태도를 견지하고 있다. 새로운 시의 지평은 고전적인 미의 탐색을 통해 열린다는 이 역설은 송찬호에게 '맨드라미 즙이 문질러진 분홍 나막신'만큼 선명하다. ▨